소중한 마음을 담아

__________ 님께 드립니다.

시인의 머리카락으로 만든 붓

제목은 시인이 천 날을 길러온 머리카락으로 손수
만든 붓으로 직접 썼다.

김상호 시집

어머니와 송도솔

도서출판
지식공감

그의 시밭은 생기가 넘친다

전상국(소설가)

길 가다가 잠깐 스쳤는데 몇 걸음 못 가 돌아보게 만드는 사람이 김상호 시인이다. 시와는 전혀 안 어울리는 좌충우돌 걸음인데 얼굴은 온통 시 쓰는 신명으로 넘쳐난다. 그가 생활 뒤에 감추고 있는 그의 시밭은 드넓어 온갖 초목 생기가 넘친다. 졸졸 콸콸, 여리기와 거칠기가 변화무쌍하고 엷고 짙은 그 색조 또한 다양하다. 이처럼 그의 시는 거침없이 마구 쏟아내는 삶의 아포리즘이라 솔직하고 투박하다.

이제 이 첫 시집 발간이 그만이 낼 수 있는 자기 목소리와 시심의 깊이 찾기에 결정적 계기가 될 것이란 기대를 가져본다.

그의 시는 막사발 같은 투박함이 있다

이언빈(시인)

그의 시는 막사발 같은 투박함이 있다. 자기와 같은 미적 조형성은 비교하기 어렵지만, 서민들의 삶에 가깝고 포근함을 지닌 것이 사발의 덕목이라면 김상호의 시는 그런 특장을 익숙하게 다루며 삶의 본향을 지향하는 세계를 펼쳐 보이고 있다.

깊은 산골에서의 삶과 가족에 대한 애정, 지나온 삶을 반추하는 그의 작품은 우리 현대시가 아득히 잊고 있던 원초적 정감의 세계에서 보내온 초대장과 같은 것이다.

오늘날 현대시가 지닌 다양한 성과에 비추어 본다면 다소 어눌하고 서툰 면도 있지만, 서두에 보이는 단단한 각오와 작품 사이사이 보이는 섬세한 감각적 이미지를 통하여 앞으로의 가능성을 충분히 보여 주고 있다.

이제 첫 시집을 출간하는 제자 시인에게 축하와 함께, 삶의 한끝을 붙잡고 끝끝내 불 지필 수 있다면, 더 농익는 기다림의 고통을 견딜 수 있다면, 사발에 담긴 숭늉처럼 더욱 깊고 그윽한 맛을 낼 것이라는 믿음을 보낸다.

차례

프롤로그

머리 풀어
대통에 꽂아 붓을 짓고
피⎡를 풀어
먹물로 찍어
살아온 날 거슬러 오르다.

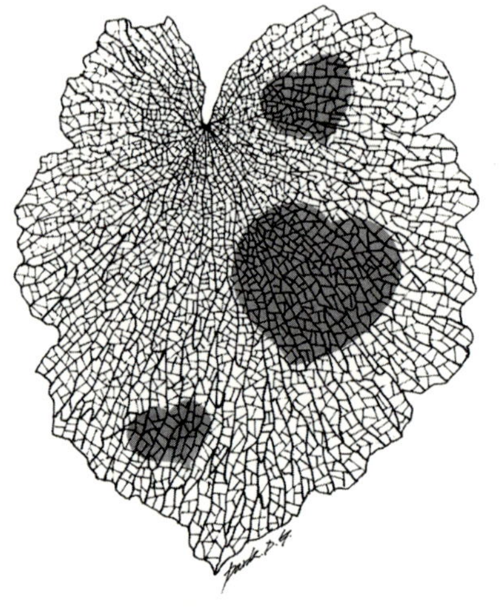

연리지

당신을
처음 만났을 때
두 손
꼭 잡았습니다.

이별이 싫어
세상이 멈춰도
화석으로 남아

영원히
헤어질 수 없었습니다.

도편수

어제 당신 내 품에 팔베개하고 새근새근 잠들었을 때
그동안 미안하고 죄송스러운 일이지만
내 몸이 고뿔 앓고 있었는지
가슴에 닿는 엷은 당신 숨소리 처음 느꼈습니다.

내가 언젠가 얘기 했었죠. 굿판에 갔는데
작두에 오른 박수무당 승희 접신할 때
내 몸에 소름이 돋았다고
꼭 그런 느낌이었습니다.

힘 있는 사람이 영향력 과시할 때
입김 넣는다고 하는데 이제
당신이 내 삶에 지워지지 않는
굵은 먹줄을 긋기 시작한 것입니다.

먹줄 한번 잡아 본 적 없는 당신,
초보목수지망생이라 반듯하게 그을 수 있을까 하는
불안도 없진 않지만 삐뚤빼뚤하고

농도를 잘못 맞춰 때론 굵게 또
때론 엷게도 그려지겠지만 뭐 어떻습니까?
삐뚤어도 내 사랑, 빼뚤어도 내 사랑인 걸.

살다보면 굵게도 엷게도 만들어지는 것이 삶인 것을

나, 도편수에 오를 당신 곁에
평생토록 지킬 것을 명받았으니
조바심에 보채지 말고
힘들다 아파하지도, 슬퍼하지도 마세요.

장승치기

비오기 전 비 냄새 맡고
바람 불기 전
바람의 얼굴이 보이는
몽골 하라호름의 주술사

당신 그림자 들기 전부터
나 이미

비가 되어
바람 되어
동구 밖
장승으로 섰습니다.

찔레꽃

사랑은 주기보다
받기가 더 어렵답니다.

사랑을 줄 때는
좋아하는 찔레꽃 꺾어
머리에 꽂지만
받을 땐
싫어해도
꽂아야하기 때문입니다.

찔레꽃
지금 내 머리엔
한가득 꽂혀 있습니다.

사랑합니다

사랑합니다.
아직은 짙고 크지 않은 내 사랑
작고 엷어
당신 눈에 보이지 않을지 모릅니다.

그래도 꼭 보고 싶다면
이른 봄부터 싹틔워
울타리 오르고
키 높은 상수리나무 오른 강낭콩에게
보이냐고 물어 보세요.

바람으로 키득키득
닭살 돋는다 도리질 치면
온몸 흔드는 놀림에
부끄러 마시고
꼬투리 잡고
눈물이 쏘옥 빠지도록 혼쭐내세요.

툭 툭 툭 투－－욱

눈물이
투명한 콩깍지로 떨어지면
얼기설기 영창에 엮어 하늘을 보세요.

이제 좀 보이나요?

사주단자 ^{四柱單子}

병오년 동짓달 여드렛날
시각이
유시에서 술시로
문지방 넘을 때
내 어머니
날 낳으셨소이다.

앞으로 살고, 뒤로 살고

부부요夫婦謠에는,

열 살 줄은 서로 뭣 모르고 살고

스무 줄은 서로 좋아서 살고

서른 줄은 눈코 뜰새 없이 살고

마흔 줄은 서로 못 버려서 살고

쉰 줄은 서로 가엾어 살고

예순 줄은 서로 고마워서 살고

일흔 줄은 등 긁어 줄 사람 없어 산다 하였소.

우린, 마흔에 만났으니

앞으로 살고

동시에 뒤로도 살아야하니

시즌 끝날 때마다

전지훈련으로 담금질하며

남들보다

두 배쯤 빡세게 삽시다.

단비

손가락 끝에 달린 기억
더듬어 전화를 건다.

짧은 신호음 세 번

수화기 너머
마른 침 삼키는 당신

그
숨소리만으로
마른 내 가슴
단비가 내렸습니다.

댓글

시력감퇴
눈의 피로에 좋다는 토미콤S
설명서엔 하루 세 번
일회 한 캅셀씩
먹으라는데

1회 10알, 하루 30번씩 먹으면
안경 없이
100미터쯤 떨어져 있는 당신
웃는 얼굴 볼 수 있을까요?

ㄴ, 미친 넘, 함 처먹어봐라!
  ㄴ, 수신자부담으로 전화하세요.
   ㄴ, 080-001-4125입니다.

경인년 새해에는

사랑합니다 하며 주말드라마에서
한 남자가 장미꽃 한 다발
연인에게 전했습니다. 그 여인
너무 좋아 기뻐하길래 그 남자가
나였으면 했더니 금방
장미꽃만큼 활짝 웃는 당신,
화면 한가득 꽃을 안고 있었습니다.

당신께 내가 꽃을 선물한 적 있었나요?

아직 없었나요?
어쩜 멋쩍다며 평생 하지 못할지도 모릅니다.
오늘만 봐도 당신과 헤어지면서
낼 다시 만날 때까지
밥 잘 먹고 잘 지내고 있어요 하며
당신은 씩씩하게 내 모습 사라질 때까지
길게 손 흔들었지만 그런 당신 보며
눈인사만 하다 남이 볼세라

가슴께 높이 손 올리고
눈에 눈곱이 끼어 거북한 듯
흔드는 둥 마는 둥 하는 거 봤죠.

그래도 경인년 새해에는
호랑이처럼 용감하게 큰 맘 먹고
장미꽃 한 다발 사겠습니다. 그 꽃 품곤
당신껜 가겠지만 낯간지러워
품속에서 꺼내지도 못하고 만지작만지작하다
돌아서 당신 뒷모습만 잡고 후회하더라도
내 사랑 변하지 않습니다.

일주일에 한번 세수하기

누구나 아침에 일어나면 세면한다는데 매일
씻어야 할 이유를 잃어 일주일에 한번 씻고 산다.
그래도 불편함 없다. 어울리지 않게
깔끔 떨며 분칠하고
마땅히 찾아 갈 곳도 없거니와
찾아올 님도 없다.
때때로 술판 나누는 아랫집 박씨
우린 굳이 깔끔스럽지 않아도 술맛만 좋다.

깍 깍 까-악 깍 깍 깍 까악 깍

언제부턴가 집주변에 날아와 울어대는 까마귀
당신 친구들 왔다 며
눈뜨면 씻어야 한다는 잔소리 한가득
세숫대야에 담는 당신

그래도 난 아주 그럴싸한 핑계로
블랙커피 들고
생얼 꿋꿋하게 향나무 그늘로 간다.

내 혈액형은 소문자 b형

한번쯤 여자가 되어 살고 싶다.
아기도 낳아보고
반복되는 집안일에 싫증나면
생리통이라며
하루 온종일 침대에 드러누워
어리광도 부려보고 월급봉투에
쥐꼬리 부쳐
바가지도 긁어보고 싶다.

사실은
엄마처럼 한번 살아보면 하고
말끝 흐리는 어머니 맘 알고 싶고
당신은 소문자 b형이라
뒤끝 있고 속 좁은 사람이야 라며
놀리는 당신 맘 알고 싶어서다.

다음 생에는
나는 여자, 당신은 남자로 바꿔 삽시다.
여전히 혈액형은 소문자 b형이겠지만…

동치미국물에 국수 말아먹기

살얼음 덮인 동치미국물에 국수 말아먹는 겨울밤
시원한 그 맛을 아는가!

밤참이 귀찮다 버릇이다 해주기 싫다고
말하는 당신
지난 여름휴가에
당신 콩밭에서 밤똥 눌 때
나도 귀찮아서 눈도 깜박이기 싫었는데
억지로 동행했고
때마침 달이 들어 행여나
보름달 같은 당신 엉덩이 엿볼까
구름 불러 눈가리개 시키고
옥수숫대 앉은 찌르레기
찌르르 찌르르
소문낼까 입가리개 시킨 사연

똥마려우면
당신이 밤이고 낮이고 눠야하듯

나는 한밤중에도 배고프면 먹어야 하오.

세상에 음과 양이 공존하듯
먹는 것과 배설하는 것
어느 쪽으로 하나 치우침 없이 중요함이 하나같다오.

인연

어깨로 떨어지는 낙엽
외로운 바람으로

겨울밤
웅크린 가로등에 부딪치던 밤

문득
낯설지 않은 인연으로
다가왔다.

봄이
얼었던 강물을
녹이는 것처럼

마누라 없인 못사는 남자

TV를 보는데 바닷가 해변, 평상에서 두 남자가
싱싱한 회에 소주를 들이켰다.
살면서 가장 큰 욕구가 식욕일진데
먹고 싶은 생각에 미치겠는데 산속에 살다보니
바닷가는 천리 밖이고
양보하고 양보해서 가까운 읍내 횟집을 가도
1시간은 가야하니 변덕 심한 내가
가는 동안에 맘 바뀔 것은 뻔하다.
어찌할까 어찌할까 고민하는데 내 몸은
여기에 있는데 머리는 온통 광어꼬리를 잡고
사시미를 뜨고 있는 것이 누군가
나를 조정하고 있었다.

한일전 축구경기를 보던 날, 잘한다고 소리도 치고
우리선수가 실수라도 하면 야단도 하고 했는데
박주영이 헤딩슛을 하는데 내 머리가 뒤로 젖혀져
벽을 박고 나도 모르게 앞으로 나가고 그 뿐이랴
기성용이 코너킥을 하는데 내 다리도 킥을 하면서

쥐가 나는데 나이는 못 속인다는 생각보다
최면에 걸린 것처럼 조정 당한다는 생각을 했다.

평소 19하고는 안 친하고 십팔만 친구로 삼았다
마누라 친정가고 혼자 있던 날
잠을 잃어 멍 때리다 시계를 보니 새벽 3시
순전히 호기심, 호기심에 TV 켜고 채널을 돌렸는데
남자와 여자가 홀랑발랑 벗고 숲에서
그 짓을 하는데 미치겠고 그런데 진짜 호기심에 켰지만
아쉬움 같은 것이 있어 조금만 조금만…
얼마나 봤는지는 모른다.
글쎄, 내 맘이 처가 마누라 곁에 가 있는 거다
그나마 천만다행이지 만약 처가로 안 가고 숲으로 갔으면
어떡할 뻔했을까 아찔했다.

어찌할까?
스카이라이프 수신료 비싸다고 마누라 설득해서
TV를 없애자고 하면

분명 산속에 살아 문화혜택도 못 받고
그나마 연속극 보는 재미에 사는데
이것마저 빼앗으면 귀양살이라며 길길이 날뛸 텐데
어쩜, 더 심하게
머리 깎고 사는 당신이나 산속에 살아, 난 도시로 간다며
날 버리고 갈지도 모른다.

딱, 5초 동안 고민했다.

마누라 없이 못 사는 나는 바보상자라며 조롱하며
조정 당하며 살기로 했다.

가로등

웅크린 자귀나무
흔들고 가는
바람소리

행여
님이 오실까

골목길
촛불 하나 밝히고
눈물 뚝뚝 떨구고 있다.

부부바위

미시령에는
한자락 설악을 잡고
동해를 바라보는 부부가 있다.

어디서 왔는지
어디로 가는지
갈 곳 어딘지 알 수 없지만
잡은 손
굳어 바위가 되었다.

서울에서 내려와 찻집 하는 한씨네
오늘도 경첩이 닳아 삐걱거리는 남창으로
그 사랑 닮아간다.

달

기축년 진월 스무날
축시에서
인시로 들 때
만리경으로 훔쳐봐왔던
달이
구멍 난 창호지 틈새로 들어
뭉뚱그려 합방하였다.

청아한 단소소리 들리는 듯하더니
온방에
때 이른 밤꽃이 환하게 피었다.

쌍가마

가마가 두 개라서
두 번 장가간다고 좋아했던 사내가
지난 밤
소가 핥아 생겼다는
앞가마를 잃었다.

거울,
대머리를 용의자로 지목했다.

색시 & Sexy

사전을 보면
색시는 새색시의 준말이고
시집가지 않은 젊은 여자
젊은 아내를 말하고
Sexy는 매력적인, 남의 눈을 끄는
성적 매력을 뜻한다.

동서양이 언어도 풍습도 다른데
예쁜 여인 보면 색(섹)시[séksi]라 하니
색시, Sexy는
명사도 형용사도 아닌 감탄사다.

개새끼

그녀가 강가에 앉아
하늘을 보며 길게 물었다.

여자는
첫키스, 첫관계 남자를 평생 잊지 못하는데
첫키스가 먼절까?
첫관계가 먼절까?

까까머리 사내가 강물을 보며
첫키스
라고 몸으로 말했다.

강물에
어둠을 뚫고 박힌 별이
아무렇지도 않게 바다로 떠났다.

개새끼.

B씨 사위개 물다

알콜중독자 B씨는 투견화이터 차돌이와 믹스견(일명 똥개) 별님이 달님이 초롱이를 키우는데 발정 난 초롱이, 옆집 김씨네 독일에서 온 렉스와 눈 맞았다. 어느 볕 좋은 가을 날, 초롱이 배 부르자 그 놈 애비된다고 거드름 피우고 뒷짐 짓고 두발로 걸으며 꼴값 떠는데, 보다 못한 B씨 버릇 고친다고 나무라다 욱하는 성질 못 이기고 질투심에 사위개 물어 전치 8주의 상해를 입혔다.

에쎄 순純

어제 술을 많이 마신 탓에
이처럼 화창한 아침
변기통에 앉아 볶아대는 속을 달랜다.
다시는 과음하지 말자고 어제도
다짐했는데 돌대가리인 나는 나를
어제처럼 처참하게 만들고 있다.
화장지가 없다.
너 같으면 다시 쓰겠니?
옆칸에 도움을 청했지만 답이 없다. 사람은
있는데 고요하다 여자이기 때문일 거다.
어느 화가는 은박지에 그림 그렸다는데 나도
색다르게 고통을 그려보는 거야. 아프다!
KT&G는 순하다고 광고하던데
에쎄 순純은 순하지 않다.

막가자는 것이지요

사회면엔 온통 도둑놈만 산다.

뇌물 처먹다 들킨 국회의원넘

제 땅도 아닌

절땅 팔아먹다 체한 중넘

어느 목사넘은

감언이설로 여기저기 손 벌려 복지법인설립하곤

아파트 사고

지자식 등록금으로 후원금 빼돌리다

그것도 모자라

성매매하다 붙잡혀 감옥 갔다.

속초 이사장은

백부장시켜 모함하고

입술에 침도 안 바르고

살기위해 어쩔 수 없었다고 한다.

허긴

나도 쌀독 비었다고 쌀값 빌어

술타령하고 흥청거렸으니

다 같은
말빚쟁인데 뭐가 다르랴!

쓰레기 버리는 것은 양심을 버리는 것이다고
큼지막하게 써 붙여도
이리 얽히고
저리 설키다 못해 채여
돈 앞에 버려지는 것이 양심이다.
이쯤 되면 막가자는 것이지요.

Noblesse Oblige

청개구리가 먹고 산다는 댓잎이슬 한잔에 취하면
술을 끊을 수 있다기에
청개구리보다 일찍 일어나 해발850고지
산죽밭으로 간다.
어둠이 걷히고
여명에 은은히 빛나는 이슬
한땀 한땀 핥아 잔을 채운다.

마셨다.

횟
대
에
올
라
해
바
라
기
했
다.

간에 기별도 없다.

송충이 솔잎 먹고
뽕잎은 누에가 먹고 산다.
송충이, 청개구리 솔잎 먹고 댓잎이슬 먹을 때
연실 뽕잎 먹어대는 누에처럼
작작 처먹어 대라는 어머니 육두문자에도
굴하지 않고 참이슬만 먹었다.

알코올 35, 30, 25, 23, 20, 19.5, 18.5 고지를
차례로 정복해
그랜드슬램을 이뤘다.

『참이슬 판매수익금 5억원 불우이웃돕기 성금 기부_(2009. 3. 17.)』

오늘 아침
동아일보에 쪼그리고 앉아 붉은 명주실 뽑고 있다.

접신

달포쯤 쉬지 않고 줄기차게 처먹어줬더니
술병이 나서
위아래 구분 없이 싸지르다
죽었다 살아났다.

이러다
죽겠다 싶어 꾹 참고
보름쯤 끊었더니
술독이
술살이 쪼옥 빠졌다.

이유 없이 몸뚱이 쿵쿵거려
사나흘
누룩 띄우듯
이불 뒤집어씌우고 앓았더니
몸뚱이 술을 찾는 것이 아니라 술이
내 몸뚱일 찾고 있었다.

디오니소스, 내 몸뚱이 빌어 접신하다.

춘심이

홍천 속초리 저수지집 춘심이는
젊은 날 진도네와 싸우다 옆구리 크게 물려
백여 바늘 꿰맸을 때도
새끼 여럿 낳고도 산후조리 모르고 살았다.

아들며느리, 이쁘니와 하니
겁 많은 손녀 작은꼬맹이 지키려
밤마다 불침번 서는 손주사위 큰꼬맹이
돌돌이 증손주 데릴사위로 맞곤
여기저기 쑤시고 결리고
치매까지 와 뒷방으로 물러났다.

그래도 효심 깊은 자식들
고희연에 이순나이 현진형 약병아리로 들으니
뒷방할멈 춘심이
부끄러움 모르고
몸뚱이 부비부비하며 회춘을 꿈꾼다.

After 3 Feets

높은 곳에 쩐이 있다는 말에 보따리 싸들고
높은 곳으로 가다 중턱에서 친구를 만났다.
아버지상여 산 오르다 다랑논 다다라
아쉬운 맘 달랜다며 소주 부어 놓고 노제 지내듯
그와 한 잔 걸치는데 그가 어디로 가냐고 물었다.
나는 쩐벌러 높은 곳으로 간다고 답했다.
높은 곳이라고 돈이 꼭 있는 것은 아니라고
중턱에서 술이나 마시며 살자고 그가 유혹했다.
그래도 난 뿌리치고 높은 곳으로 쩐 벌러 갔다.
높은 곳에서 1년을 살았지만 아직 쩐을 보지 못했다.
쩐이 좋아서 돈씨로 성을 바꾼 사람을 만났다.
돈씨도 높은 곳에 쩐이 있다는 말을 듣고
이곳에서 3년을 살았는데 아직 쩐을 보지 못했다며
1년 가지고는 택도 없다며
그래도 5년쯤은 살아봐야지 않겠냐고 했다.
귀가 얇은 나는 돈씨 말을 믿고
쩐이 보일 때까지 높은 곳에서 더 살기로 했다.

이빨을 빼다

X-선마저 뚫을 수 없는 올가미가 목을 죄자
목젖이 보일만큼 크게 입이 벌리어졌다.
숨길이 막혔다.
얼굴이 푸르게 광합성을 하고
심장이 바쁜 펌프질을 시작했다.
두 주먹은 불끈 쥐어졌고 동공이 확장되었다.
몇 초가 지나자 심장이 파열되는 고통이
천천히 몰려오고 눈동자가 풀리며
동공이 천공으로 올라붙었다.
아가리 크게 벌어지고 니코틴에 찌든 누런 이빨
격렬한 섹스 뒤에 오는 몽환처럼 생을
마감하며 붉은 울음을 토했다.
안경너머 수척한 눈에
끈적끈적한 두 줄기 점액이 비쳤다.

몰매를 맞다

– 내 키는 172Cm

전원생활이 좋아 허름한 집 짓고 정착했는데
난쟁이똥자루만 하고 올챙이배까지 나온 놈에게
젊은 날만 생각하고 맞짱뜨다 죽다 살아났다.

많지도 않고 달랑 하나 있는 이웃
고래등같은 집짓고 산다고 얼마나 뻐기는지 눈꼴시고
밤마다 마누라와 그 짓만 하는지
새끼는 몇인지 셀 수도 없다.
기차화통을 삶아 먹었는지
허구한 날 앵앵거리며 시끄러워
그 놈 집에다 엿이나 먹으라며 오줌을 갈겼다.
몰래한다고 했는데 귀도 밝아 놈이
앵하며 누구냐는 소리에 놀라 도망치는데
새끼까지 몰고 나와 떼거리로 덤비며
내 발뒤꿈치를 물었다.

스무 살, 크리스마스이브에 시비가 붙어
4대1로 싸우다 멱살 잡히고 코뼈 뿌려져 걸쭉한 피가
목구멍 넘어가 숨이 컥컥 막혀 죽는 줄 알았는데

얼마나 세게 물렸는지 온몸이 무당개구리모냥 붉어지고
눈이 튕겨나가는 것 같고 목젖은 손도끼로 찍힌 것처럼
턱 막히는데 얼마나 아프던지
작은 놈에게 맞아 억울하고 창피해서 그랬는지 그때처럼
아파서 그랬는지 정말 죽을 것 같았다.

마누라 차에 숨어 홍천아산병원 응급실에 실려가
산소마스크로 얼굴 가리고
엉덩이 훌떡 까고 진통제 맞고
그것도 모자라 혈관주사에
하루는 입원해야 한다는 의사의 놀림에
어둠을 틈타 밤늦게 집으로 돌아왔다.

난쟁이똥자루만한 놈보다
내가 114배 더 큰 데도 난 죽사발이 된 거다.

신神의 아들

우린 만난 적도 없다.
이혼으로 아이들에게 상처주고
사업실패로 빚도 있는 사십대다.

광수씨는
허영만선생의 작가의식을 부러워하고
난
시詩형들의 치열함을 그리워하며
나는 왜 좋은 글을 쓸 수 없을까 라는
같은 명제로
잠을 설치는 것도 닮았다.

하지만
그는 군대 갔다와 예비군훈련도 받았지만
난 신의 아들이다.

아홉수

호야, 호떡, 짱구, 꼴통, 빽, 빡빡이, 돈키호테, 촌놈, 임금

언제부턴가
내 별명이 아홉수였다.

뺑이요

나는
유치원 때
여성심리학 전공했어!

인생=달걀

– 날달걀, 원터치 먹다

톡_(앞니에 박고)

탁_(엄지로 치며)

쪽_(빨아 먹었다.)

삶^生은 달걀입니다.

똑같다

타이타닉과 태극기 휘날리며는 똑같다
일확천금을 노리는 유물탐사선, 무명용사유골발굴팀이
전화를 건다.

할머니와 어여쁜 손녀, 할아버지와 손자가 전화를 받고
타임머신을 타고 사랑전장, 이념전장으로 간다.

로즈는 부유한 약혼자가 있지만 첫눈에 반한 그를 선택
한다. 이데올로기가 뭔지도 모르는 진태는 진석을 지키기
위해 입대한다.

잭은 블루다이아펜던트로 그녀 가슴에 영원히 남았다. 동
생을 지키지 못했다는 착각은 기막힌 반전을 만든다. 그에
게 전쟁은 이쪽이든 저쪽이든 동생을 지키는 것 뿐이었다.

영화는 끝나간다. 그녀는 눈물을 흘리며 가슴 속 잭을 보
낸다. 그는 만년필을 부여잡고 진태를 맞는다.

현실은

물질만능주의다.

감동의 러브스토리도 아름다운 형제애도 없다.

로즈, 잭, 진석, 진태 모두 아름다웠다.

감동이 왔다. 아름다운 영화를 볼 수 있어 행복했다.

포장마차에서 태극기 휘날리며는 타이타닉의 표절이라며

유물탐사선이 유골발굴팀으로, 할머니가 할아버지로

손녀가 손자로, 블루다이아펜던트가 만년필로,

현실에서 출발해 과거로 가는 이야기 전개

다시 현실로 돌아와 마무리 되는 것이 똑같다며

최감독과 밤새 논쟁했다.

최감독은 구성이 같다고 표절이랄 수 없다고 했지만

7년이 지난 지금도 내 생각은 똑같다.

독백

무슨 낙(樂)으로 삽니까?

고되고 아무리 힘들어도
하루에 한 가지는
즐거운 일은 있어야지.
예를 들어
온종일 죽을 만큼 힘든 노동 끝에
마시는 막걸리 한 사발이라도

넌
막걸리 한 잔은 했니?

겨울비 내리는 날

겨울비 내리는 날
바다를 찾았다.
감기 든 목소리로
나도 모르고
너도 모르는 노래를 부른다.
그래도 못내 아쉬워 연필을 들고
바다를 메워본다.
오늘밤은 별을 볼 수 없겠다.
휘적휘적 걷는 땅덩어리
그 안에 질식해버린 시간
왠지 서글퍼진다.

정정합니다

「B씨 사위개 물다」의 'B씨가 물었다'를
'차돌이가 물었다'로 바로 잡습니다.

이별

붉은 피, 36.5도

따뜻한 손
시린 손

네 손과
내손이 서걱거리다.

삼가 고인의 명복을 빕니다 1

땅을 치며
울어도
손이 아프지 않다.

저리는 것은 가슴이다.

삼가 고인의 명복을 빕니다 2

근엄하게만 보이던 아버지
내 앞에서
어린아이처럼 울었다.

미수^{米壽}되신
당신 아버지 보내시던 날.

붕어낚시

심장을 향해 굵은 금침 깊게 찌르고
겨드랑이에 체온계 넣고
매어진 줄로 진맥한다.
지난밤
몰아친 폭우에 고뿔기운은
허섭스레기 허적여 배앓이는 없는지
다행스럽게
큰 알 품은 자궁
검붉게 충혈된 눈알 부릅뜨고
오방기 끝자락 흔들어 그래도 잘 잤다며
밖으로
명치끝에 걸린 붕어 한 마리 토해내다.

펜의 비애

일요일, 이리 뒹굴 저리 뒹굴하다
영감이 떠올랐는데 돌아 눕기도 귀찮아
메모지 허공에 띄우고
볼펜 물구나무 세웠다.
작은 강철 알갱이 돌면서
제 몸으로
잉크를 찍어 그림을 그리는데
제 딴엔 열심히 그려도 중력 때문에
피가 거꾸로 쏠린다며
꺼이꺼이 울더니
푸른 피를 줄줄 흘린다.
괜스레
주인 잘못 만난 너만 고역이구나.

아버지 닮다

초등학교 입학할 때 아버지는 두꺼운 도화지 오려
내 이름 쓰고 투명비닐을 덮어
아크릴명찰처럼 이름표를 손수 만들어 달아주셨다.
그 사랑도 컸지만 미음받침을
아라비아숫자 1과 2를 붙이듯이 썼는데
글씨에서 광채가 났다.

나도 광채가 나는 1과 2를 더해 'ㅁ'을 만들었다.

어린놈이 멋 부린다고 선생님께 혼도 났지만
어머니 따라 성당 가면 태초에 인간은 창조되었다는
창조론을 믿고 학교 가면
갈라파고스에서 다윈이 완성한 진화론을 믿었다.
그때부터 미음은 창조되고 진화되었다.

아버지와 나는 'ㅁ' 자가 닮았다.

가래톳

새알만하게 작고 둥근 가래톳이
허벅다리 위 림프샘에
멍울 들었다.

붉은 볼펜으로
가장자리 돌려가며 원을 그리고
그 안에 큼지막하게
창昌자, 성成자를 그려 아버지이름 쓰고
꾹꾹 눌러가며 환煥자, 국國자
할아버지이름도 그렸다.

아픈 다리 질질 끌고
가슴 높이쯤 가랑이 찢어지듯
아지 벌어진 복숭아나무 찾아
내 머리통만 한 돌을 들어 올렸다.

안 되면 제 탓 않고 조상 탓이라지만
조상 탓하면 가래톳이 빠진다.

아름다운 틱

고등학교 졸업한 지 30여 년 만에 찾은 동창모임
머리에 눈꽃이 들고 우연히 마주치면
어디서 인연이 있었는데 하며 머릴 갸우뚱거릴 정도지만
내 짝은 변한 게 없다.

세상에 허갈虛喝칠게 많았던 나는 빡빡이
내 짝은 때때중이 팔자였는지
때때신이 갖고 싶었는지
때때옷 입은 옆집 아이 부러웠었는지
말할 때 때때때 하는 틱이 있어 때때였고
우린 3년 내내 같은 무리를 찾았다.

먼 모퉁이 돌고 돌아 때때를 만나니
첫 미팅에서 부끄러워서였는지 아님 내숭이었는지
곰보빵 잡은 손 파르르 떨던 이름도 아련한 그녀
덩달아 붉그레 오르던 내 얼굴 그려져 행복하다.

남자들 만나면 군대 얘기 빠지지 않는데

태권도로 달련된 몸이라 헌병으로 군생활했는데
무리 찾는 버릇 때문에 말없는 직립근무만 했단다.
지금은 뭐 먹고 사냐 했더니 직립근무는 벗어났고
파워크레인기사라 좌식근무한다며
아직도 말없는 것은 같단다.

중 될 팔자는 아니라 장가들어 아들만 둘이고
아이들 때때거리며 무리 찾는 버릇없다며 크게 웃었다.

예고편

마당 앞 내 키보다 다섯 배 높은 감나무에 까치 울면
주름 가득한 어머니 얼굴에
화사하게 미소가 피었고
뒤란, 울타리 상수리나무에 보기에도
오싹 소름 돋는 까마귀 날면
돌팔매질로 쫓아버리곤 했었다.

그 까마귀 깍깍깍 하고 울기라도 하면
쿵 쿵 쿵
땅을 세 번 구르고
소금 한줌 하늘로 뿌리며
퉤 퉤 퉤
침을 세 번 뱉고 액땜했다.

10월의 마지막 밤
비가 쓰러 처마 타고 떨어지고
주말드라마 끝에 다음회 맛보기 하듯
긴 북풍한설 예고하는 단풍

저 산 벌겋게 타들어간다.

내일은 까치가 올까
돌팔매에 쫓겼던 까마귀 올까?

기우제^{祈雨祭}

- 닭피 몸에 끼얹으며 과부댁 10명이 기우제

　3개월째 극심한 가뭄이 지속되자, 농촌마을마다 갖가지 형태로 정성이 깃든 기우제를 지내며 애타는 농심을 하늘에 하소연.

　8일 오후 홍천군 남면 용수리에서는 예부터 과부댁이 닭피를 몸에 끼얹으며 기우제를 지내면 3일안에 비가 온다는 마을 전설에 따라 이 날 동네 과부댁 10명이 용수골 폭포에서 전설대로 기우제를 집행하며 농심을 달래기도.

(강원일보 2000년 6월 9일자)

　새벽닭 홰를 치고
　천둥치더니
　소나기 내렸다.

78

팔봉산

바다가 강물을 삼키듯
어둠이 너를 먹었다.
아직 7봉밖에 보지 못했는데…

민들레의 꿈

정월 초하루 볼품없고 초라한 행색으로
태양을 쫓아 담장아래 더부룩한 털모자로 나섰다.

뒷맛이 쌉싸래한 투명한 이파린
사람들에게 질겅질겅 씹혀 먹히고
때론 뿌리채 뽑혀
가마솥에 끓이어 점점이 흐트러져도
저 하늘
하늘을 높게 나는 그 날을 꿈꾼다.

노란털모자, 금관이라 비아냥대고
헛된 꿈이라 놀려도
뜯기면 뜯긴 만큼
밟히면 짓밟힌 만큼
영글고 다듬어져 세상에
굴하지 않고 당당하게 맞선다.

누각에 올라 차를 달이며

한 잔 술을 나누고

화조풍월花鳥風月

노래로 견주는 고귀한 사군자

나,

매화자리에 오를 것이다.

내 친구

- 단기 4343. 2.13.

언제부턴가 너는 나를 아버지라 부르고, 난 널
아들아 하고 불렀지.
눈 덮인 산에 올라 토끼 잡고
삼각팬티만 걸치고 도원저수질 건너기도 했었지.

닭서리까지 함께 했던 내 친구는
나이 들면서 멋진 구레나룻 만들어
거꾸로 내가 아버지라 불러야겠다고 했는데
마흔다섯의 짧은 나이에
간암으로 이 세상 간보기만 하고 떠났다.

우직한 성격
술도 마시지 못하는 네가
세상살이 그리 힘들었는지
간경화가 스트레스에 간암으로 커질 때까지
힘들단 소리 한번 없이
흔적없이 사라지는구나.

흔히들 간도 빼놓고 쓸개도 빼놓고 산다 하는데
간 빼놓고 용궁에 갔다는 토끼처럼
간도 쓸개도 좀 빼놓고 살지
왜 그렇게 미련스레 살았는지 원망스럽다.

오늘은 하얗게 눈이 내린다.
한 줌 재가 되어
너와 내가 오르던 그 산 홀로 오르는 네가
참 야속타
이젠 그 무거운 간은 빼놔도 될 듯싶구나.

잘 가라. 친구야!

오늘만 슬퍼하리

- 단기 4343. 2. 13.

내 손을 잡는 온기 없는 손
길지 않은 삶의 미련인지 내 손을 놓지 못하는 너
너무나 아파하는 너
나는 어서 그 아픔에서 벗어날 수 있게 해달라고
기도했단다.

삶이 버겁다는 핑계로 우린 10년을 잊고 살았지.
무심했던 나를 용서해라
이렇게 떠날 줄 알았으면 내 어찌 무심했겠니?
지난여름엔 네가 너무 보고 싶어 그렇게 찾았는데
전화라도 받지, 문자에 답이라도 줄 것이지.

내 손을 놓지 못하던 네가 나를 살갑게 살지 못했다고
야속한 맘 정떼기라도 하고 싶었더냐?
아내는 내게 마지막이라고,
가는 네게 얼굴이라도 보여야 한다기에
찾았건만 너는 눈도 뜨지 못하는 아픔으로,
떠나는 네 맘보다

남겨지는 내 맘에 평생 빼지 못 할 돌이 박혔단다.

내일이 설날이라 우리 집도 형제들이 모여
음식 장만하랴 부산한데 내 마음 왜 이리 무거우냐.
차라리 아픈 네 모습 보지 말 걸. 그럼
내 기억엔 즐거운 네 모습만 남을 것을

사랑하는 친구야!
네가 가는 것이 감당할 수 없어 넘치도록 슬프지만
오늘만 슬퍼하고 슬퍼하지 않으련다.
나보다 착한 네가 나 떠날 때 행여 미련에 머뭇거릴까
먼저 가 길안내 위한 것일 뿐이라 생각하련다.

도솔천의 미륵불 롤모델 삼다

두 겹의 주름이 이마로 들었다 나도록
이를 악물고 움츠린다.
얼굴에 핏발이 서고
증권시장 주식 폭락할 때처럼
순간혈압 300포인트 쳤다.
팔려가던 시골집 누렁이 긴 울음 끝에
마당 가운데 워낭소리 팽개치고
정 떼며 토해내던 콧김처럼
들숨과 날숨이 들락거렸다.

턱받침 괴고 애국가를 시작한다.
쌓인 체증이 복장에서
아래로 내리지르기 시작하더니
애국가 4절이 끝날 때쯤 몸뚱이의
쪼그려진 밑둥치 열리면서 토끼똥만한
매화가 삐져나갔다.

나도

로댕의 생각하는 사람처럼

도솔천에 거하시는 미륵불 닮는 꿈을 꿨다.

시큰거리는 콧등에 침을 세 번 찍자

다리가 풀리고 눈물이 핑 돈다.

나를 롤모델 삼은 민들레에게

사군자라 하여
군자와 같이 고귀하다 하였소.
경치 좋은 정각에서
매화차
매화주로 풍류를 즐겨함이 부럽다 하였소.
영매가의 주인공이라
마냥 닮고 싶다하여 급한 마음
정월에 꽃 피웠다 하였소.

보이는 것이 전부가 아니라오.

모든 선비를 벗으로 삼진 못했다오.
내 등 뒤에선
허갈에 내 이름 붙여
매화 6궁이라 하였고
저작거리 노름판
화투장으로 내던지기까지 하였다오.

그뿐이겠소.

나를 똥에 빗대어

부르기까지 하였으니

이 어찌 행복하다만 하겠소.

일장춘몽一場春夢

겉만 번지르 할 뿐이라오.

신목의 기상 가슴 풀어 담고

천 날을 같은 어머니 뱃속에서 살던
사내들이 서로에게 가까이 하려
어른 되어 다시
그 아이 손을 잡고 한자리에 모였다.

하늘 찌른 신목의 기상
가슴 풀어 담고
월대의 푸르름으로 일어나
햇살을 껴안고 우린
부지런히 둥지를 틀었다.

흔들리는 땅덩어리 걷다
바다가 그리워 문득 찾아가면
그때, 항상 그 자리 함께 서서
옛이야기 들려주는 우주여!

오늘, 월대산 터벅터벅 걸어와 임영 땅에
진한 흙내로 키운 씨앗, 그 소중하게

간직했던 이름 쏟아낸다.

보라!
동해를 찢고 오르는 태양, 태백으로 솟구치듯
졸업 20주년을 맞은 강농고 57기, 우리의 우정
높게 오르리라!

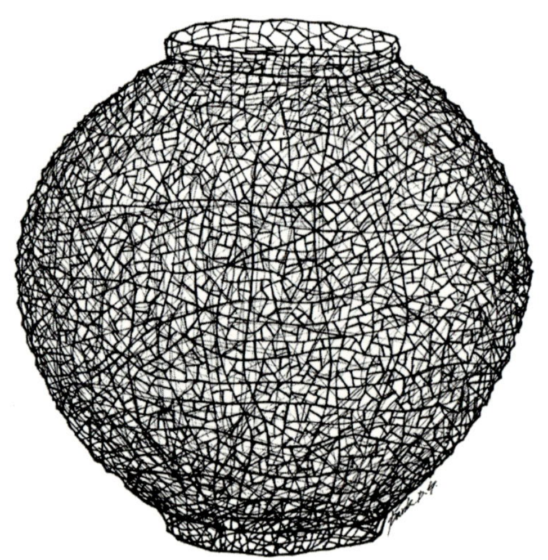

집안내력

나는 어릴 적 생존으로 젓가락질 배웠다.
젓가락질이 서투르면 아버지의
중무장한 공권력은 내 머리통만한
무시무시한 은수저를 투입하셨다.

아비니 다섯 살 때
무력 없이 젓가락질 전수했다.
나는 잘 가르친다고 가르쳤는데
이놈은 손등이 하늘을 보고
왼쪽으로 90도 뒤틀어서 젓가락질하는 것이
몸이 뒤틀리지 않는 것이 이상할 정도다.

시간이 지나면
괜찮겠지 괜찮겠지 했는데 이젠 버릇이 되었다.
밥을 먹다 넌지시 구박을 줬더니
아빠한테 배웠는데 한다.

남들이 보면
저놈 젓가락질 우리 집안 내력이라 하겠네.

거북이섬 1

화요일에
설산 뒤로 하고
잿빛하늘을 업고 찾아간 봉포 앞바다
그 곳에 푸른 등을 가진 섬이 하나 있다.
내 아들은
거북이는 없지만 거북이를 닮았다고
거북이섬이라 이름을 지었다.
서울에서 내려와 부동산하는 봉희씨는
쥐모양을 했다고 쥐섬이라 부르는데
등대질로 뱃머리에 앉은 하현달
어스레한 새벽을 부른다.
꿈은 있을까?

거북이섬 2

봉포 앞바다
파도를 타는 거북이섬
지난겨울 아들놈이 이름 지어주었다.

그 바닷가 주인인 아들놈
내일 유치원 가져간다며
조개껍데기 모으고 있다.

바다가 얼굴을 적신다며
울기도 하고
모래알이 주머니에 가득 찼다며
바다 한 끝을 휘젓고 있다.

아들의 발자국
바다보다 넓어 보인다.

대화

누구딸? 아빠딸, 누구공주? 아빠공주, 누구사랑해? 아
빠사랑해, 아빠도아리니사랑해? 응, 아리니는어디가이뻐?
볼때기, 아빠는? 엉덩이, 누구랑결혼할거야? 아빠랑, 언
제? 첫눈오는날

첫눈이 와도
새끼손톱 봉숭아 언약으로는
아빠랑 결혼할 수 없다는 걸
알아버린 숙녀에게
영원히 변치 않는 사랑을 약속합니다.

겨울

눈이 소복하게 쌓였다.
아침에 일어난
오빠와 누이는 와 하고
겨울을 잡는다.

시린 손을 호호 불며
마당 가득 널리는 겨울

나는 어느새 돌아간다.

뒤꼍에 묻었던
밤나무 언덕에서
썰매로 만들던 겨울로

미술관 가는 길

쑥부쟁이 흩날리는
가을바람 타고
구름이 석양을 받아
붉게 하늘 열린 미술관으로 간다.
그림 앞에 발을 멈춘 딸
내 손 잡고 그림 속으로 들어간다.

아빠 이건 호랑이야 요건 귀고 고거는 이빨이고 이건 앞
발이야 그리고 이건 사람이 웃는 걸 그린거구 피카소의 꿈
처럼 이상해.

까맣게 깊어가는 길 어미 잃고 낯설음에 안절부절 못하
는 흑염소와 마주 앉아 수많은 꽃들이 피고 지는 소리를
듣는다.

내 손을 놓은 아이
커다란 단풍잎 타고
미술관 품고 하늘을 날고 있었다.

배꼽

엄마와 목욕탕 다녀오던 딸이 심각한 얼굴로 나를 잡고
자기 방으로 가더니 아주 걱정스럽게
아빠 나는 코가 두 개야. 이젠 창피해서 목욕탕에 못 가
겠어.
웃음을 참을 수 없어 얼굴을 돌리고
걱정스러운 척 물었다.
정말이야?
고개만 끄덕거렸다. 누가 봤냐고 했더니
다행히 본 사람은 없다고 한다. 딸과 손가락 걸며
코가 두 개라는 것을 비밀로 하기로 약속하고
아무도 보지 못한 두 번째 코를 보았다.

하얀 배 한 가운데 돼지코 닮은 아리니 배꼽이 웃었다.

배꼽이 코라는 생각을 어떻게 했을까?
생각할수록 우습다고
아리니 돼지코 닮은 내 배꼽이 따라 웃었다.

며느리

100M 달리기는 27초 정도

1분에 20회 정도는 윗몸일으키기 할 수 있으면 좋고

오래매달리기는 4.5초만 하더라도

제자리넓이뛰기는

살짝 뒤로 두어 걸음 물러섰다

껑충 뛰어 엉덩방아를 찧더라도

애교로 봐줄 수 있어. 그리고

10Km 단축마라톤 정도는 한번쯤

완주경험이 있으면 좋겠다.

기록은 문제 삼지 않으마

달리다 힘들면 길가에 엉덩이 털썩 붙이고 앉아

앞서는 동료에게 박수도 보내고

달리다 걷다 또 걷다 달리다 하더라도

온종일 걸려서도 완주만 할 수 있으면

무조건 OK다.

울산바위

울산바위의 임자는 ㅇㅇㅇ다

모년 모월 모일 모시에
사주단자에 넣어 그녀에게 주었다
소유권 분쟁 시 쟁점이라
정확한 일시는 밝힐 수 없는 점 양해하시기 바랍니다.

(덧붙임)
당일, 관공서가 휴일이라
돌아오는 월요일에
등기이전해 줄 것을
아버지 이름 걸고 약속하였음.

곶감도둑

처마 밑에 도둑이 들어 곶감을 훔쳐 갔는데
소오짓물에 빠졌던 곶감을 가져갔다고
새벽부터 어머니 너털웃음에 깼다.
감을 깎아 싸리꼬챙이에 꿰어 새끼줄 사이사이에 꽂아
서까래에 걸어 이십여 접 말렸는데
한 쾌가 떨어져 소오짓물에 빠졌다 버릴까
생각하다 아까워 다시 걸어놨는데
재수 없는 놈 뒤로 넘어져도 콧등 깨진다더니
하필 훔쳐간 것이 소오짓물에 등목한 곶감이었다.
쓴웃음 짓고 돌아서는데 도둑놈 곶감 먹으며 길바닥에
나 잡아봐라 며 감씨를 퉤퉤 뱉으며 가지 않았는가
전주골 박부자 떨어진 낱알 찾아 십리길 가듯 따라가니
지난밤 창구네 놀러온 후배녀석들이
곶감서리 한 것이었다.
대여섯 명 잡고 야단하니
되레 형은 닭서리도 하면서 한다.
그땐 차마 등목했단 얘길 할 수 없었는데
이제는 말할 수 있다.

애들아!
그거 실은 소오짓물에 등목한 곶감이었어.

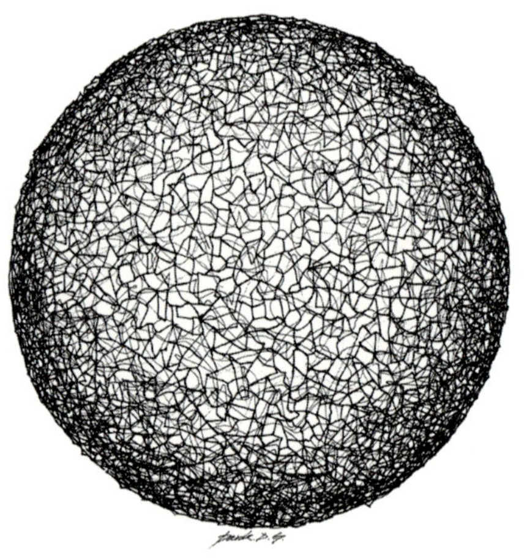

학야리 23번지

설악산 미시령도로는 구불구불하고 낭떠러지가 많아 사
고위험이 많으니 우회전커브 더욱 조심, 교통규칙 준수하
여 즐거운 여행이 되시길 바랍니다.

내 고향
학야리 23번지는
고개 너머
울산바위 아래
똬리 틀고 앉아
기다림 먹고 있다.

귀향

목덜미로 떨어지는 감촉이 좋아 우산 없이
노란 야구모자만으로 비 맞는다.
간질거리는 가랑비 속으로
몸을 밀어 구석구석 감췄던 구린내 떨구고 간다.

제멋대로 자란 망초떼 길을 막고
그 양쪽
베어진 미루나무 아래
오랜 시간 묻혀있던
서성이는 그림자 하나

발걸음 멈추고 물었다.
이쯤이었을까?
빗물인지 눈물인지 노랗게 탈색되어
챙으로
저편의 기억 뚝뚝 떨어진다.

어머니 1

야학으로 언문 깨우친 어머니는 독립운동하지 않았다.
해방 후
소련군이 들어오고 6·25사변이 났을 때
반공이 뭔지도 몰랐고
뒤란 장독대에 정안수 올리며
어린 딸 젖 물리고 군대 간 아버지 기다렸다.

박정희정권 때
잘 살아보자며 벌인 새마을운동에 앞장서지도 않았고
노태우가 6·29선언할 때 민주화를 울부짖지도 않았다.
이산가족찾기방송으로 이모 찾던 날
이산 그리움에 홀로 북망으로 가는
삼팔따라지 아버지 원망도 없었다.
어머닌 쪽진 머리 풀고
속초중앙시장 좌판에서 날 키우셨다.

나, 불혹不惑 넘긴 지금도
바다보다 깊은 울엄마 젖가슴 울어먹고 산다.

어머니 2

독신주의라며 총각귀신으로 가는 넘
도박으로 가산 탕진한 넘
혼인시켜 잘 산다했더니
보퉁이 팽개치듯
팽개치고 새장가 간 넘
그뿐이랴
머리 깎고 중된 넘까지
어쩜 이렇게 가지가진지
어머닌 참 지지리 복도 없다.

일요일 아침, 성당 갈 채비하는 어머니
서문고개 꼬짓물 긷고 디모테오신부님
어버이 삼아 성당살이하는 소녀 그리며
파뿌리 같은 하얀 머리로
거울 끌어당기는 것이 유일한 낙이다.

그나마 모시고 살고 싶다며
새며느리

엄마 엄마하며 같이 살겠다니
하현달 같은 빈 가슴
조금이라도 채웠으면 좋겠다.

학야리

– 단기4310

흙벽을 타고 올라 부엌쪽문 뚫고 들리는
타닥타닥 콩 볶듯 불똥 튀는 소리

가마솥 쇠죽 끓이고 밥 뜸들이다
아궁이 앞에 끌려나온 알불

지난 장날 송아지 팔고 돌아오실 때
아버지 손에 들려온 자반고등어 오른다.

비릿한 바닷내 매캐한 목초향 어우러져
흙벽에 그려지는 솔가지 타는 소리는 달고 행복하다.

어머니와 성모송

중학교 마치고 고등학교 진학해
강릉으로 떠나는 내게
어머니는
어디서 어떻게 있든지
아침에 일어나면
성모송 세 번만 꼭 속외라 하셨다.

냉담하고 성당 잃은 지 오래라
주기도문도 잊었지만
이 아침
억지로 일어나
숨쉬기 전 성모송 속윈다.

은총이 가득하신 마리아여
기뻐하소서
주께서 함께 하시니
여인 중에 복되시며…

맛, 멋 그리고 흥!

맛있게
멋있게
그리고 흥겹게 살겠다기에
머릿글자 불러
좌우^{座右}에 명^{銘}내렸다.

이보시게
길꾼은 만났나?
길동무는 찾으셨는가?

에필로그

시집을 내놓으면서
망설였다.
세상에 내놓고 웃음거리는
되지 않을까?
수많은 생각 끝에
더 늦기 전에
시집을 꾸려야겠다고 생각했다.
일부 작품은 그동안
동인지로 발표되었던
작품이며
에필로그로 딸(아린)의 동시를 작품으로 실었다.

돌도끼

무서운 도끼
쾅 쾅

무섭기도 하구나
쾅 쾅

무얼 만들까?
쾅 쾅

의자 만들지
쾅 쾅

– 단기4337. 초등1년

가을 하늘

푸른 가을 하늘에 새하얀 구름 하나
심심해 돌아다니다
깜짝 놀라요.

"청군 이겨라! 백군 이겨라"
목이 터져라 외치는
아이들의 함성소리

누가누가 이길까?
백군은 백군 이긴다 하고
청군은 청군 이긴다 하고

깜짝 놀란 구름은
아이들의 함성 소리 시끄러워
도망갑니다.

– 단기4339. 초등3년

나라 꽃 무궁화

창문 너머 보이는 무궁화
그 무궁화는 별 같아요.
은하수에서 가장 밝은 샛별처럼

무궁화는 하늘과 땅에 기운 받아
예쁘게 자라나요.

우리나라의 희망 무궁화는
샛별이 박아 놓은 것 같은
은하수처럼 밝게 빛나요.

무궁화는 꿈이 있대요.
하루 빨리 열매가 되는 꿈이요.
저도 꿈이 있어요.
무궁화처럼
나라의 희망이 되는 거요.

저는 할 수 있어요.

나라 꽃 무궁화 보고

자라났으니까요.

– 단기4341. 초등5년

삶의 정서적 고백, 또는 언어적 명증

박 민 수 (문학박사)

　김상호 시인은 산 속의 사람이다. 산 속에 숨어 사는 것이 아니라 산 속에서 세상을 바라보며 사는 사람이다. 도시를 버리고 일부러 산 속에 들어가 살면서 자기 삶을 먼 데 한 그루 나무를 바라보듯 바라보며 사는 사람이다. 자기가 그동안 살아온 자기 삶의 이런 저런 그림을 지긋이 미소 지으며 바라보며 즐기는 사람이다. 아내를 더 없이 사랑하고 어머니를 더없이 사랑하고 이웃을 더없이 사랑하며 사는 사람이다.

　그의 시는 주로 이런 자기 생활 속의 진솔한 고백인 것이 많다. 아내와의 사랑을 고백하고, 어머니에 대한 사랑을 고백하고, 자기 삶의 내면을 고백하고, 우정을 고백하기도 한다. 그리

하여 세상살이의 애환이 담긴 경험담들을 아주 간결한 절제미의 언어 구조를 통해 형상화하고 있다. 그의 이러한 시적 경향을 나는 '삶의 정서적 고백, 또는 언어적 명증'이라고 부르기로 한다. 여기에서 정서적 고백이란 주로 시의 소재 면에서 붙인 시적 경향을 말하는 것이고, 언어적 명증이란 시의 표현 면에서 붙인 경향인 것이다.

그는 주로 자기 삶의 현장에서 경험한 여러 사실들을 정서적으로 고백하고 있으며, 이 고백의 정서들이 매우 절제된 명증의 언어 구조에 의해 표현되고 있는 것이다. 그리고 이러한 정서적 고백 속에 은근한 미소와 비애와 풍자까지 섞이고 있다. 그는 자신의 이러한 시적 경향을 프롤로그를 통해 이렇게 말하고 있다.

머리 풀어

대통에 꽂아 붓을 짓고

피를 풀어

먹물로 찍어

살아 온 날 거슬러 오르다.

프롤로그로 쓴 위의 시는 비장한 느낌마저 든다. 자신의 머리를 풀어 붓을 만들고, 그 붓으로 자신의 피를 먹물로 삼아

자신의 삶을 돌이켜 보는 시적 정신이 매우 비장하게 느껴지는
것이다. 이런 면에서 김상호 시인은 온 몸으로 시에 도전하는
적극적 시 정신을 가지고 있다고 할 수 있다.

언어의 절제미와 명증의 상상력

그렇다면 그의 시는 실제로 어떤 양상을 보이는가? 우선 다
음 시를 보자.

당신을/처음 만났을 때/두 손/꼭 잡았습니다.//이별이

싫어/세상이 멈춰도/화석으로 남아//영원히/헤어질

수 없었습니다.

– 「연리지」 전문

이 시는 아내와의 첫 만남 때의 심정을 고백하고 있는 것이
다. 세상이 멈춘다면 기어이 화석으로 남아 영원히 헤어질 수
없다는 고백은 그의 상상력의 깊이가 어떠한지 알 수 있다. 흔
한 소재이지만 그것을 형상화하는 솜씨가 아주 예사롭지 않
다. 그는 이러한 형상화의 솜씨를 가지고 아내에 대한 사랑 고
백으로부터 시집을 시작한다.

그리고 그 고백이 매우 담백하다. 간결하면서도 언어들의 명

증함으로 군더더기가 없다. 그의 언어 다루기 솜씨가 잘 나타
나고 있는 것이다.

> 손가락 끝에 달린 기억/더듬어 전화를 건다.//짧은 신
> 호음 세 번//수화기 너머/마른 침 삼키는 당신//그/숨
> 소리만으로 마른 내 가슴/단비가 내렸습니다.
>
> — 「단비」 전문

매우 간결하면서도 명증한 이미지의 시이다. 전화를 걸자 마
른 침을 삼키며 연인이 전화를 받는다. 이때 귀에 들리는 숨소
리, 그 숨소리가 마음을 행복하게 한다. 참으로 놀라운 사랑의
감정 표현이고, 참으로 놀라운 시적 묘사이며 상상력이다. 다
음 시도 사물을 인식하는 상상력과 언어를 다루는 솜씨가 잘
드러나고 있다.

> 웅크린 자귀나무/흔들고 가는/바람소리//행여/님이
> 오실까//골목길/촛불 하나 밝히고/눈물 뚝뚝 떨구고
> 있다.
>
> — 「가로등」 전문

'자귀나무 흔들고 가는 바람소리에 행여 님이 오실까'하고 생

각하는 시적 상상력은 매우 고전적인 것이다. 우리는 고전시가 들로부터 이러한 많은 상상력들을 경험한 것이다. 그러나 골목 길 가로등을 '촛불'로 바꾸어 놓는 솜씨는 고전적 상상력을 현대적 상상력으로 전환시키는 절묘한 표현이다. 그러면서 매우 적극적인 언어 절제의 명증성이 아주 두드러진다.

현실 소재의 투박함과 비판 의식, 또는 풍자

이상의 시들은 모두가 언어 사용의 절제를 통해 매우 명증한 이미지를 나타내는 김상호 시인의 시적 솜씨를 잘 나타내주고 있는 것들이다. 그리고 그 상상력들이 고전적이면서도 아주 섬세한 관찰과 묘사를 통해 낯설게 하기의 절묘한 메시지를 생산해 내고 있다. 그러나 그의 이러한 명증성의 이미지와 섬세한 관찰과 묘사의 상상력을 벗어나 현실을 풍자하거나 비판하는 매우 투박하고 질박한 상상력의 시를 보여주고도 있다.

알콜 중독자 B씨는 투견화이터 차돌이와 믹스견(일명 똥개) 별님이 달님이 초롱이를 키우는데 발정 난 초롱이, 옆집 김씨네 독일에서 온 렉스와 눈 맞았다. 어느 볕 좋은 가을 날, 초롱이 배 부르자 그 놈 애비된다고 거드름 피우고 뒷짐 짓고 두 발로 걸으며 꼴값 떠는데, 보다 못

한 B씨 버릇고친다고 나무라다 성질 못 이기고 질투심에

사위개 물어 전치 8주의 상해를 입혔다.

— 「B씨 사위개 물다」 전문

　행 가름 없이 이어 쓴 이 시는 개 이야기이며 인간 이야기이다. 알콜 중독자인 B씨가 키우는 암캐 한 마리가 이웃집 수캐와 눈이 맞아 새끼를 갖게 되었는데, 그 수캐가 애비가 된다고 거드름을 피웠다. 개가 거드름을 피운다? 그렇다. 개가 거드름을 피웠다. 그런데 더 웃기는 것은 암캐의 주인이 그 거드름을 피우는 수캐를 버릇 고친다며 물어뜯어 전치 8주의 상해를 입혔다는 것이다. 정말 이럴 수가 있는가? 사람이, 개가 거드름을 피운다고 그것을 고치겠다며 물어뜯는 것은 사람으로서 자기 본분을 모르는 것이다. 개와 사람이 그만 똑같은 수준으로 전락해 버린 것이다. 사실 이것은 있을 수 없는 일이다. 그러나 이 시는 이 표면적 메시지 자체에 목적이 있는 것이 아니다. 이 시는 현실을 풍자하고 있는 것이다. 풍자란 에둘러 무엇의 약점을 찌르는 표현 기법의 하나이다. 김상호 시인은 삶의 질서가 뒤죽박죽이 된 우리 현실의 모순을 풍자적으로 고발하고 있는 것이다. 실제로 우리 사회에는 짐승보다 못한 몸짓으로 싸우고 볶고 설치는 알콜중독자 같은 사람들이 많은 것이다. 이런 면에서 「에쎄 순純」, 「막가자는 것이지요」, 「Noblesse

127

Oblige」, 「접신」, 「춘심이」, 「After 3 Feets」, 「몰매를 맞다」와 같은 시들이 이런 경향에 속한다고 할 수 있다. 이런 계열의 여러 시 중에서 가장 주목되는 것은 「곶감도둑」이다.

> 처마 밑에 도둑이 들어 곶감을 훔쳐 갔는데/소오짓물에 빠졌던 곶감을 가져갔다고/새벽부터 어머니 너털웃음에 깼다./(중략)//재수 없는 놈 뒤로 넘어져도 콧등 깨진다더니/하필 훔쳐 간 것이 소오짓물에 등목한 곶감이었다./(중략)/얘들아!//그거 실은 소 오짓물에 등목한 곶감이었어.
>
> — 「곶감도둑」에서

이 시는 사실적 경험을 토대한 것인지, 아니면 상상력에 의하여 창작한 것인지는 몰라도, 참으로 희극적인 우리 삶의 한 장면이라고 할 수 있는 것이다. 도둑질을 하였는데, 그것이 소 오줌통에 빠진 것이고, 그것을 도둑들은 모른 채 맛있게 먹는 모습을 생각해 보라. 우리 인간이란 이런 희극 속에서 살면서 그 사실을 모르는 경우가 너무 많은 것이다. 그래서 이 시는 풍자이다. 우리 삶의 은밀한 약점을 에둘러 쿡 찌르고 있는 것이다.

삶의 애환과 비애의 정서

김상호의 시에서 또한 주목되는 것은 삶의 애환 속에서 느끼는 비애의 정서를 담은 것이다. 실제로 시에서 비애의 정서는 아주 보편적인 것이다. 1920년대 한국 시의 중심 정서가 이와 같은 비애에 속하는 것이었으며, 많은 시들이 비애의 정서를 담고 있다. 김상호 시인 역시 삶 속에서 경험하는 비애의 정서들을 표현한 여러 편의 시들이 있다.

땅을 치며/울어도/손이 아프지 않다.//저리는 것은 가
슴이다.

－「삼가 고인의 명복을 빕니다 1」 전문

불과 4행 2연의 짧은 시이다. 그러나 이러한 짧은 시를 통해 돌아가신 이에 대한 애절한 비애의 감정을 함축적으로 나타내는 것은 쉬운 일이 아니다. 앞에서 그의 시어가 매우 명증하다고 했는데, 감정을 있는 대로 직설적으로 토해내는 것이 아니라 깨끗이 정제하여 감정을 감추는 솜씨가 심상치 않다.

언제부턴가 너는 나를 아버지라 부르고, 난 널/아들이
라 불렀지./눈 덮인 산에 올라 토끼 잡고/삼각팬티만 걸
치고 도원저수질 건너기도 했었지.//(중략)//우직한 성

격/술도 마시지 못하는 네가/세상살이 그리 힘들었는
지/간경화가 스트레스에 간암으로 커질 때까지/힘들단
소리 한 번 없이/흔적 없이 사라지는구나.//(중략)//오
늘은 하얗게 눈이 내린다./한 줌 재가 되어/너와 내가
오르던 그 산 홀로 오르는 네가/참 야속타/이젠 그 무거
운 간은 빼놔도 될 듯싶구나.//잘 가라, 친구야

―「내 친구」에서

친구의 죽음을 아파하고 있는 시이다. 역시 한 시인의 인간
적 내면이 어떠한지를 짐작하게 하는 시이다. 현실을 풍자하면
서 한편으로는 절실한 우정 앞에서 마음의 슬픔을 절절히 표
현해 내고 있는 것이다.

애틋한 모정과 한

이상과 같은 삶의 애환과 비애의 정서를 잇는 또 다른 시가
있다. 어머니를 다루고 있는 시가 그것이다.

사람은 누구나 어머니에 대한 애틋한 감정을 갖는다. 어머니
는 우리를 낳으시고 우리를 길러 주셨으며 우리를 사랑하신다.
이러한 우리 어머니들은 과거 참으로 한이 많은 삶을 사셨다.
수많은 전쟁 속에서 홀로된 어머니들의 그 깊고 깊은 한, 과거

우리의 어머니들이 가졌던 이 한은 강물처럼 깊고 길다. 그래서 많은 역사학자들이 우리 민족을 한恨의 민족이라고 부르기도 하였다.

김상호 시인의 어머니도 한의 여인이다. 이러한 어머니를 그는 이렇게 바라보고 있다.

야학으로 언문 깨우신 어머니는 독립운동을 하지 않았다. / 해방 후 / 소련군이 들어오고 6·25 사변이 났을 때 / 반공이 뭔지도 몰랐고 / 뒤란 장독대에 정안수 올리며 / 어린 딸 젖물리고 군대 간 아버지 기다렸다. // 박정희 정권 때 / 잘 살아보자며 벌인 새마을 운동에 앞장서지도 않았고 / 노태우가 6·29 선언할 때 민주화를 부르짖지도 않았다. / 이산가족찾기 방송으로 이모 찾던 날 / 이산 그리움에 홀로 북망으로 가는 / 삼팔따라지 아버지 원망도 없었다. / 어머닌 쪽진 머리 풀고 / 속초중앙시장 좌판에서 날 키우셨다. // 나, 불혹不惑 넘긴 지금도 / 바다보다 깊은 울엄마 젖가슴 울어먹고 산다.

참으로 한 많은 과거 우리 어머니들의 모습이다. 무식하지만 가슴 속 깊은 한을 감추고 묵묵히 자식들을 키우시는 어머니의 모습, 그러면서 마음으로 집 떠난 남편을 기다리는 간절함, 바로 어머니의 이러한 모습과 마음이 가슴 깊숙이 새겨져 바다보다 짙푸르게 자식 된 김상호 시인의 가슴을 누른다. 이것을 그는 "바다보다 깊은 울엄마 젖가슴 울어먹고 산다."라고 표현하고 있다. 매우 안타까운 한의 정서지만, 시인은 이 정서를 이렇게 가슴으로 감추어 말하고 있다.

서평을 마치며

이상 나는 김상호의 시에서 발견되는 몇 가지 주목되는 경향들을 살펴보았다. 돌이켜 보면 김상호는 사는 것이 그대로 시이다. 어느 날은 산 속에서 소나무 바람 타는 정갈한 목소리를 내게 들려주기도 하고, 어느 날은 먹고 살기 위해서라며 도심 한복판에서 자동차 엔진 소리 같은 거친 목소리를 보내주기도 한다.

그러면서 삶의 자신감이 거침없다. 김상호 시인은 우리 시대, 이 거친 풍파 속에서 자연과 문명, 사랑과 번뇌, 기쁨과 슬픔의 거리를 자유롭게 오르내리며 자신을 초월적으로 조정할 수 있는 매우 놀라운 생명력을 갖고 있는 시인인 것이다. 부디 좋은 시인으로 더욱 크게 성장하기를 기원한다. 힘을 잃지 않고 겨울 기러기처럼 높이 날기를 기원한다.

비 내리는 4월 어느 날의 풀빛처럼 항상 푸르고 싱싱하기를

기원한다. 사랑하는 딸과 계속 함께 시를 쓰며 살기를 기원한
다. 자유롭기를 기원한다.

어머니와 성모송

초판 1쇄 인쇄 2012년 4월 1일

지은이 김상호
발행인 김재홍
교정교열 류정보
책임편집 이은주
디자인 신성일
마케팅 이연실

발행처 도서출판 지식공감
등록번호 제396-2012-000018호
주소 경기도 고양시 일산동구 견달산로225번길 112
전화 031-901-9300
팩스 031-902-0089
홈페이지 www.bookdaum.com
전자우편 book@bookdaum.com

가격 9,000원
ISBN 978-89-968332-2-2　03810